天窓

装幀　司修

魚骨

夕空に浮きて寄りあふいわし雲首尾のあたりに掌《て》があるやうな

雪

活火山阿蘇に降る雪ほのぼのと想ひ見るべく泡雪降れり

内深く火を抱く山に雪降れり牧場悍馬の爪も潤むか

雪の夜も山の煙《けぶり》は白く伸ぶ伸びて呆けの山も古りゆく

刻みたる胡瓜に塩を振りながら野天の雪を
想ひゐるなり

風花は飛び牡丹雪低く浮く雪のうたげも白
し巷に

降る雪に犬を放てば清きかな四足伸びたる
一頭となる

川蟬

もの言はぬ湖《うみ》の面の静けさに二転三転川蟬
が飛ぶ

濃緑の背《そびら》を見せてとぶ鳥のおのれ惜しまぬ
身が軽きかな

紅葉の枝をつかみてひとしきり叫びし鳥の
脚ほそかりし

つかの間の鳥の鳴く音に内心を見しこと深
き酔ひのごとしも

啼きすてて去りたる後のななかまどしばら
く濡れてゆらぐと思へ

新宿

湖岸《うみぎし》の夜あけやうやく鵯《ひよ》が鳴く窓に近づく
声は明るし

鋭く長く野鳥《のどり》が鳴けり我を呼ぶ声にあらぬを聞けば寧《やす》けし

紫に熟れゆくのみの栴檀を虚空に見れば重き豊熟

豊熟の玉実残して鳥去ればその後の余白我
が歌ふべし

やはらかき紙に書きゆく一首さへ墨濃く磨
れば果たしの如し

朝戸出の人の姿が急ぐなり西新宿は湖《うみ》ならずして

くれなゐの冬葉吹かるる新宿は空ゆく鳥も急ぐと思へ

夕焼け

敢へてする驚きも良し赤米《あかまい》の赤き実りを見
てゆく日暮れ

うらうらと前方後円古塚に無明長夜をゆらぎて草も

円卓に独りを居りてとり落す匙一本にひびく繚乱

玄海ははるけき潮路夜の明けの岸に生きて
の波白きかな

漆黒の影も海鵜の十数羽陽の夕焼けに立ち
て身を張る

野鳩

朝明けの枝に来て鳴く四十雀いづれ必死の
声ならぬなし

四十雀しきりさやぐは春寒の白木蓮が開く
を待つか

見えずして鳴く声聞けば磨り硝子ほのかに
ゆれて夜あけの一羽

風吹けば遠離の痕もはればれと揺れて古木
の楠茂るなり

飛ぶ鳥に応へて走る雲もなし人も車も土踏
む歩み

古き世に在りし辰砂の秘もあれば生れし子
鳩のブラッドレッド

明らかに野鳩の脚のくれなゐか軽く歩めば
後ゆく我も

春の星

夜となりし山の道ゆく春の木の枝に見えく
る星まだ淡く

ふかぶかと枯野もひびく夜の淵人もしづか
に車を停めよ

降りたちて見ゆる限りの春の星白きがまま
に女男《めを》のことなし

手をあげて捉ふる風もなき夜か人も稚《をさな》く
夜闇にあそぶ

山くだる車の窓に深ぶかと黒き車幕をおろ
して人も

ひとしきり枝に身顫ふ黒鳥を遠く見すてて
山下るなり

一枚の黒羽を脱ぎて朝の鳥いづへの枝に身
がるくゐるか

呼ぶ声に応へて出づる我が言葉微かなれど
も我が守るべし

野の十三夜

三頭の犬が待ちゐる山の家行きて逢ふべし
野の昼下り

門押して入ればたちまち山口家ゴッホ描き
し犬も叫ぶか

白き犬また赤き犬我の掌にゆれて黄の花臘
梅も咲く

たちまちに野犬となりて白毛と黒毛の二頭
足踏むひびき

一頭は赤毛の犬か雨に濡れそれでも眼《まなこ》我
に笑むなり

ひそやかに猫とむつみし日もありし赤毛の
背何《そびら》を見てゐる

暮れてゆく西の夕空白雲の壁立ちやまず野
の十三夜

天《てん》窓《まど》

一羽来て三羽並びて海を見るそれを見て立
つ路上のわれか

大空の風に追はれて北の鳥よりて術なき動
きを遊ぶ

海底を深く見てゆく海の鳥悔いも憂ひもな
き眼ひらきて

落ちてゆく黒鳥の影消ゆるまでわが沿岸の
歩みもやまず

北領の海のはたてにわれを呼ぶ巷の音もは
るばるとして

街角を曲がる折りふし先あゆむひとり男の
憂愁もあれ

この年は異国の風も吹く夜半か音さらさら
に椿もけぶる

帰り来て空を仰げばわがまなこ早《はや》も深紅の
花開くなり

天窓《てんまど》を空に組む足父の足一梁ゆらとわが目
もゆれて

起き抜けの人の心を鷲づかみ音なき冬の天
窓きしむ

夕桜

さやさやと米三合を洗ひゆく双手ひそかに
きらめくときか

ひめやかにまたあららかにしろがねの匙に
すくへば肉また光る

風ゆくも風とどまるも人知らぬものの奥処
を越えてくるのみ

立ち止まり鏡に写すうしろでをひとり見て
ゆく風立つ真昼

むらさきに垂るる山藤《やまふぢ》山に見て母の安堵も
ありしかここに

彫り深きをのこに似合ふサングラスわれも
密かに笑みてたのしむ

一身を思ひ描けば鳥ならず魚にもあらぬ物
が見えくる

見えずしてひびく夜哭の声もあるはや落魄
の声はをのこか

わが齢《よはひ》八十九と明かされていまさらさら
に驚くわれは

ことなくて独り小事のかたはらに文字かく
われの影が揺れゐる

桜見て何せむわれかたちどまり物のかたち
をまたも失ふ

見ることも見らるることも一つにて桜一期がいまはあやなす

横ざまに遠く流れて夕桜骨のごときがわれを見てゆく

聞き止めて我が身にしづか我が髪の髪のほどろが今日の褐色

人ゆきて風またゆきて一頭の白尾の犬がまたも走れり

漂海

一万発言へば空しき夜花火の数かぞふるか

湖岸の柳

それとなく一つひびきし夜花火の音ききすてて家鴨歩めり

ふつつかの歌ひはじめに磨る墨の音漂海の一人と思へ

朝の土踏めばひびくか五羽十羽鳩の緋いろ
の趾《ゆび》が従き来る

餌欲しき鳩の一羽が我の掌に乗りて朱色の
十文字踏む

百年の生誕祭に還り来る画伯海老原群馬率
きたり

今少し鳴けよといへば離々として夜半の草
生に虫すだくなり

耳底に微か残りしものの音地底の水と言ふか野風よ

鳴き出でし夜明けの鳥を聞きてゐるただ一条の黒白として

一本の夏木の繁り脱けて来る無理無残とも
夜あけのひかり

七月の海に沿ひゆく目に見えて遠島淡し白
雲の下

遠島は水に浮く山花鳥《はなとり》を思ひ捨てたる彼方
に在りて

新しき突堤伸びて若やかに歩めと誘ふ波ひ
びくなり

飛びたちし一羽黒どり不知火の漁村塩屋の
手永忘れて

朝明けは波濤の色もまむらさき西海濡れて
秋に入りゆく

絶天に昇りゆくまで五十段海と相向く葡萄
の畑

対岸に見えて島原普賢岳なほつつがなき日
昏れの沈黙

半月も秋夜左弦の身軽さに遠く忘れてゐる

半世紀

鳥

夜の更けにゆきて見るべし十三夜月湖に眠
る渡りの百羽

密かなる夜の往還に踏みしだく草のひびき
に覚めゆく鳥か

浮寝より覚めて声鳴く緋どり鴨浮《ぶ》立《りふ》風流甘
やかに鳴く

北窓の硝子叩きて来し鳥の回帰一路の羽迅きかな

ひるがへり鵯《ひよ》が一羽のうしろ姿《で》もゆるやかにこそ紫紺の尾長

逝く鳥を追はねば遠く渡り鴨北の百羽が天かけりくる

着水を争ふ鳥の紅の脚一期《いちご》のことに鳥も猛るか

湖近く棲めば生涯幼しと渡りの鳥を待ちて
すぎゆく

とりあへず我が目のうちの冬湖《ふゆうみ》に渡り百羽
が浮きて事なし

夜の湖にひびきてやみし鴨の声遠くはるけき世に還るべし

秘境

北天を恋ふるにあらぬ額あげて見る夜の窓に雲は流るる

ま夜中の湖上ゆらりと十三夜流離もとより
月湖のことか

身を責めてひと夜を叫ぶ水の音山谷終の秘
境と思へ

深々と暮れゆく時を鳴きいづる河鹿に忍ぶ
綺羅もあるべし

双脚に立ちて思へば直きかな人も空木《うつぎ》も夜
霧に濡れて

山霧に濡れて歩めば聞き流す九州野地《やち》に地震《なゐ》ゆりたるも

みづからの声も他生の声もなしひとつ響きに河鹿は鳴けり

言《こと》たえて深き眠りにおちてゆく在りて無か
りしこれも秘境か

十指

裏庭の白膠木《ぬるで》ま白き雪積めり若冲朱乱の秋もすぎたり

卓上に黄柑《わうかん》ひとつま夜中の灯火に直く光陰
ありき

降る雪を積みて声なき連山を見るべく立ち
し窓に雪降る

鳴く声のその身離れて空を飛ぶ鳥に人語の
おろかさはなし

夜あらしのあと冴え冴えと揺るるなり目な
し唇なし喬葉《たかば》の芭蕉

忽ちの山河を神と言ひ抜けて走る車の後部
席良し

蕗の薹ふたつが展くおのづから双つ眼と見
るべくみどり

褐色の犬と黒毛の猫とゐる体毛触れて世ぞ
やはらかし

刻々に過ぎゆくことの朝も良し十指の爪に
曇りなければ

街道

鳴く鳥の声遠きかな一枚の玻璃戸に清く霧
立つ朝は

人知れず深き眠りに落ちてゆく枝もあるべ
しや古杉の並木

一里木を見るより早く三里木の果ていきな
りの武蔵街道

鶺鴒の声きれぎれに朝の湖誰に告ぐともなき世のひびき

一場の沢池をめぐるあしどりのややに軽きを見てゐる鳩か

一連の雀一路の黒烏世をし恃まずゆらりと
生きて

「溝そば」の花にまじりてうす紅の「まま
子の花」が似つつ小さし

すれ違ふ人なきことを良しとして朝野《あさの》ある
けば犬も密けし

鴨の飛来待ちて歩めば神無月人の足音《あおと》が響
くかすかに

十五夜をすぎて二夜の月明に夜半の町が釣
られて動く

窓昏む

朝どりの一羽が鳴けばたちまちにからむ三
羽の声ひびくなり

むらさきの羽をひらきて鵯《ひよ》の声胸戸《むなど》ふくら
む形あかるし

うち開く羽のむらさき折りふしの鳥の十字
が中空を翔ぶ

翔ぶ鳥ののみど微かに朱を帯ぶはいまし鋭き声放てるか

犬曳けば犬と我との十字街一知半解尾を振る犬も

山ざくら咲くべくなりて椎葉山ほのかに坂
の入りひるさがり

鳴かずゆく鳥の姿を追ふごとく岩根つつじ
が腰高に咲く

深山《ふかやま》の風に吹かれて山ざくら白き夜盲の花
ひらくなり

右岸より左岸に渡る明るさに鶴富小路朱泥
のポスト

落石も知らず懼れず椎葉村走るセダンの窓
昏むなり

山桐

西方の山の暗道《くらみち》立ちどまる懼れの中を伸び
ゆく杉も

その名知らず深き茂りの中の草わが爪ほど
の花のむらさき

かすかなる身の夕暮れは一《いち》揖《いふ》を惜しまぬ犬
を連れて草踏む

先あゆむ犬と曳かれてゆく我と揺れて等しきほどの肺腑か

ものの形見えぬ夜明けに一羽鳴く声みづみづとなほ四十雀

寒くないか寒くないかと問はれゐるその時
の間に野鳥も啼けり

身を寄せて聞けば朝戸の磨り硝子ほうと脱
けゆく一羽の響き

差し戻す一冊の本混乱もなめらかにして朱《しゅ》
黒《こく》の表紙

山桐は刃にやはらかく触れくると手箱を作
る人の言葉も

身を捨てて立つともなしに水色の羽を着て
ゐる一羽が枝に

風水

如月の半ばとなりて未だ咲かぬ我が山椿今年幼し

雪降ればこの世の裏の白絹に古《ふる》世《よ》の梅のくれなゐが咲く

牡丹雪降れば愉しき南国の街区まぶしく笑む雪花石膏《アラバスター》

はたはたと柿の冬枝に鵯《ひよ》が二羽、羽展きゐる実とこそ思へ

たちまちの雪消えたれば事もなし湖に渡りの鴨がひしめく

深閑の真水に浮かぶ水鳥や渡りのままに胸
肥るなり

湖岸に緋木瓜の花が開くらし世にあるまじ
き荊《いばら》伸ばして

鳥の声行きて見るべく叫ぶのか隣家空裡も
早《はや》十五年

睦むより他なき鳥の声聞きて夜あけの水を
汲みゆく密か

水踏みて鷭《ばん》の一族脚長し母子《ははこ》もなくて猛く
伸びたり

脱け出でし刀《たう》のごとくに葦牙《あしかび》のみどりは立
てり鷭のゆく手に

大寒に入りても水の十六度静かに棲めと朝
靄のこゑ

みづうみに浮きて百羽の緋どり鴨暁紅すで
に越冬の貌

梅花藻の花白ければきさらぎは水も聖者の
声を運ぶか

山砂の白きを置きて鎮めたり地底にひびく
湧水の音

南天の冬木百本揃ひ立つ陽に感恩の紅葉ゆるる

椅子引きて立つ足裏《あなうら》に湧水の音がひびくと真夜も遥けし

葦牙《あしかび》も葭《よし》と言はれて風来の穂末やうやく申《さる》
歳《どし》が来る

湧水の音絶え間なき夜に覚めてはるけきヴ
ェーダの声聞くものか

百尺の上とはなしに冬雲雀野にあたらしき
声響くなり

雪踏みて歩めば濡るる身の程を拭ふひとと
き山は静けし

雪降りし山を離れて黒どりの一意ははやも
北天を指す

十字街

形骸はかくも軽しと黒揚羽一羽よぎりて夏
明きかな

夜更けては湖も音せぬま暗《くら》がり洗ひさらせ
ば筆穂も草か

山ゆけば山の片への密《みそ》かごとうどの白花籠《こ》
に摘まれゐる

磨り硝子、磨り硝子とぞ嘆く目に硝子貫く
朝鳥の声

海へゆく道のかかりの十字街文月《ふづき》ま白き雲
動くかな

空蟬ののちの命を啼きやまぬ声騒然とありて晩夏《おそなつ》

山の声

山ゆれて穂すすきゆれてまたしても風は言
葉の先走るかな

山すすき分けて入りゆく夕光は我が血脈の
中に透きくる

百条の光通れば百万の草の尾花が千々にな
まめく

野ざらしも国土一縷の風流といへばしきり
に四肢遊ぶなり

北壁の外輪山の石にたつ長《をさ》のつもりか黒羽
の鴉

うらうらと南外輪カルデラの底ひ五万の人影動く

ばらばらと集落あるも豊かなれゆらりと道に花食ふ牛も

山霧のはれゆく道に現はるる人の顔してうどの白花

臺《うてな》もて花さくうどの大げさに阿蘇の黒羽の蝶が来てゐる

大いなる火皿となりて阿蘇ありし誰の死後ともなかりし劫初

ゆく雲を片へにおきて火山群遠世の形いまに変らぬ

ある時は火振りの神事黒潮の波のゆらぎも
炎えしと思へ

山の木に触れて山ゆく腰細くゆれてねむの
木それさへ勁く

草わけて野をゆく犬の一頭の双耳は早《はや》も山の声きく

とぎれたるいきさつ見えて白き雲流れてやまず十月の空

阿蘇百里草の千里をまぼろしに騎馬の二人
が風にゆれゆく

山ぐにの秋はひまなき薄野の大白銀のまま
に声なし

阿蘇五岳涅槃といへば山けむり白く昇るは
臍《ほぞ》のあたりか

隋唐の空にも見えて言問ひの一条白き夜阿
蘇のけむり

体腹を吊りし牧馬の脊梁も北外輪の尾根も
漆黒

山畑に草焼く煙のぼるなり藁半紙とふあり
しぞむかし

杉山を越ゆれば杉紙《さんし》おのづから匂ふ野の火
に恋の香ぞする

昏れゆけば紙ぞ恋しき杉の染め、まゆみ、
白檀その名書かむか

暮れ落ちし阿蘇野を下る車みち、狸、野
兎、見えぬ羽ばたき

山煙いまなほ湧くを見つつ立つ牧馬の脚の
なほ細きかな

ひるがへる鵯《ひよ》の一羽よやはらかき南の枝を
指しゆく翼

面影に

蕗の薹伸びし緑も三十余数へて犬の耳に聞
かする

水鳥の辺にして歳時過ぎゆくを愉しと言へ
ば鷺が胸張る

緋《ひ》鳥《どり》鴨《がも》いまに残りの餌を欲ると立ちて寄り
くる緋の額《ぬか》あげて

面影になほ二すぢの紺の色野にし生ひたつ
鳥うつくしく

如月となりても去らぬ緋鳥鴨鳥にはあらぬ
人と睦めり

残りなく白梅咲けばま夜中の花ををみなと
言ふまでもなし

ま夜なかに雨降る音を聞きてをり如何なる
果てのいくつぞ夜星《よぼし》

如月は藺田に藺草の伸ぶ刻とゆきて見るべしわが多島海

黒潮に島洗はれて不知火の岸にするどく伸ぶか藺草も

普賢岳見ゆる波上の濃むらさきはや島原の
乱も遠しと

迷鳥

事なくて春十四夜の月照れば月下の門を押
して入るべし

今さらに古今和歌集千年の彼方に恋の一字埋もれて

哀愁のことに目覚めし身体の双耳しきりに鳥の声聞く

近く来て更に遠ぞく鳥の声荒涼さらに広しと思へ

木洩れ日となりて入り来る初夏のひかりはふつと蜘蛛の囲を切る

あやまたず北帰をいそぐひどり鴨身に白骨《しらほね》の肋《あばら》そよげり

鴨千羽北帰のあとのみづうみを寂しと人は時の旅人

物影にうつる一羽のバランスを見つつあか
ねば女男《めを》のことなし

北海を思ふ他なき迷鳥の我や那の津の浪恋
ふるかな

一頭の犬つれてゆく冬の旅赤毛のままに我
がシェパードは

玄界灘呼べば華やぐ声ぞよし足下に馴寄《なよ》る
さざ波は見ず

白船のひとつが遠く海に浮く児戯のごとく
に動くといふか

岩頭にたちて飛びたつ一羽かと待ちてゐる
間の風さやぐなり

漆黒の羽をひらきて空をとぶ海鵜三羽が何
の奢りぞ

積年の風波は言はぬ北の海防風林の松みな
低し

生きてゆく限りの声を啼きやまぬ隣家の犬
も郷党《きやうたう》の声

朝明けは北帰のあとの湖広し胸戸《むなど》ゆたかに
去りしか万羽

残されてゐる身ほのぼの笑ふべし額赤きまま鷭が住みつく

嘴ながくまなこつぶらの面ざしを雄どりと見つつ葭《よし》伸びゆくか

啼きやまぬ隣家の犬よ我やまた千夜と同じ
ブルーのカップ

柔らかき身を硝子戸に触れてゆく白蝶低く
身の程の夢

純白にひらくつつじに立ち添ひて大麦二本
我が庭に伸ぶ

大麦につれて小麦ものびゐると二〇〇五年
の歌よむことも

葭《よし》伸びて葦《あし》となりゆく歴程も南国江津はは
やふかみどり

黄葉

内海も潮退《ひ》く日暮れ堰堤の石の茜をふみゆく人も

いづくとも見えぬはてより大鴉残る命のごとく降りくる

一羽来て更に一羽の夕鴉音なく立ちて砂踏むしきり

いまははた互ひに胸戸《むなど》ついばみて三羽がら
すがたのしき日暮れ

海岸にわれもしばしの浮遊感うろこひとつ
もなき身の軽さ

暮れてゆく海なほ遠き潮騒を聞きて実となる野のなかまど

ふりかへる陸のはたてに白色の舎利塔見ゆるいましばらくを

鳴く声を聞かず聞かせぬ青さぎの飛ぶ全身
が我が上をゆく

ひとときの嵐のあとの湖岸に浮きゐて冬の
草みな若し

夕風にゆれてぞ直き黄葉の若木かぞへてや
さし巷も

数かぞふるは

遠山の阿蘇にも滲みて降る雨か牡丹《ぼうたん》ひとつ
揺りて熄まぬは

如月を過ぎむとしつつ雨降るは事のはじめ
のごとく密けし

手を打ちて遥けく鴨を呼びかへす朝も孤り
の声はひるまず

一頭の犬身《み》を延べて傍らに眠る深夜の現《うつつ》
は寧《やす》し

一冊の本に書くべき稿の文字、数かぞふる
はいたく幼し

降る雨に草ゆれてゐる火口原すでに牧馬の
脚想ふべし

はるばると犬馬に想ひ及ぶとぞ冬に花咲く
ごとし生くるは

水の声

夏の木の花のはじめの淡ければなほ月光の
下ゆくごとし

序の口の言葉叫ぶも朝鳥か辛夷古木の枝ゆれてゐる

暁の野末あゆめば栴檀の花のむらさき言《こと》なく咲けり

樹下にしてやうやく見ゆる五弁花を我が掌
に置けばさらに微けし

湖岸をゆけば寄り来る鳩十羽やがて百羽が
我をさいなむ

ひたすらに物食ふのみの鳩とゐる我を擁して梅檀匂ふ

大木が在れば樹下に入りてゆく生来の弱吾と赦して

北指して還る他なきゆりかもめ惟ふに易き
世を生くるかな

岸の雨さながら湖に溢るるとまばたきひと
つブラックスワン

月落ちて湖暗ければ一枚の砧叩けと水の声
する

瑠璃鳥

一隅に木賊伸びゆく野ぢからの深き緑に立つべく吾も

花ひとつ問へば微かに一条の白糸そよぐ風の木賊に

生ひたちて早《はや》も百年古町を新町と呼ぶ木賊一群

濁り江に動く夜の風一枚のカオス展くと思へ巷に

見も知らぬささやき風に応ずべき声なきままに川は静けし

白ければなほうら若き山薄眉目なきままゆれゐる阿蘇野

白毛の草となりゆく山すすきゆれてはるばる外輪見ゆる

百群の翳りとなりて硝子戸をわたる野雲を
見てゐる朝は

物の音消えて夜ふかき空白に赤間が石の硯
も乾く

木の枝に眠ると言へば紫の羽のかげりも見えくる沈黙《しじま》

中空に夏の身のべて野薄が十月雪の来る日を待てり

眼蓋《まなぶた》の裏に不図見し燦爛の光ある時詠むべし湖も

目ざめたる渇きに立ちて水を飲む我が夜しづかに鳴るか西海

柴犬と居りて膚接《ふせつ》の体温に夜の裏窓の星見ゆるなり

ま夜なかの雨滴のひびきうららかに生命かぞふるごとく軽しも

白羽《しろはね》の小鷺一羽がしづかなり湖上みどりの
朝藻をふみて

ひとたびは湖《うみ》に映りし自らを忘れぬ一羽瑠
璃鳥が来る

朝どりのいま赫奕《かくやく》と鳴く時か玻璃戸を越え
て声ひびくなり

紅葉もかすかまじりて楠並木声なきものの
下潜りゆく

神話

八月は天事恐れぬ大花火降る夜しぐれに開く百彩

傘さして花火見てゐる打ちあげの間《あはひ》しきりに我の滴々

雨季すぎて雨まだやまぬ物の影みな水玉となる哀れなり

炊きあげし漆黒の豆まぎれなき球体として
深皿に在り

落神の石のひとつも拾ふべし雨滴の痕の乾
く路上に

灰白の羽はたはたと朝鳥の鬱が迫るか玻璃《はり》窓《ど》の濃霧

微かなる雷《らい》がひびけば草上に山食ふ牛の赤きに逢はむ

山行のはじめに白き靴を履く或いは深き林間の霧

東より入りて北路の俵山星見の尾根はいまだ乾かぬ

林間に鍬ふかぶかと黒土を起こしてゆきし
空間ありき

北指して路上すぎゆく瑠璃いろの草も出離
の色もて低し

大いなる渓谷ありて人棲めり阿蘇カルデラ
の包囲二十里

人生きて大犬鷲も生きたりと風の神話がひ
びく虚空に

秘めやかに青葉茂れる深山の下ゆく道に染まる背《そびら》か

雨やまぬことし草国草暗《やみ》に隠れて蝶の種も夥し

瑞々と霧が湧きくる〃山までは見ず〃と言
ひたる往時恋しも

書き残す雨季凶荒の墨文字に触れて華鬘《けまん》の
黒蝶が来る

蝶百種群るる草国阿蘇の野に青すぢ揚羽泣
かぬか蝶は

うちなびく草の穂にゐて黒蝶の一羽そよげ
ば阿蘇とぞ思へ

放牧の牛の影見ず迅速の脚の栗毛も白霧の
中か

ネパールにかつてありしをまぼろしに帰馬《きば》
の速度は波野《なみの》の千里

たちまちに葉月《はづき》八月雪白ののこぎり草が
臺《うてな》もて咲く

草蜘蛛が大葉の裏を走るなり繊細の脚迷路
を言はず

生き生きと言語の写実、首太く花さく前の
蝮草立つ

浅き夢見ざりしことを嘉しとしてゆりの木
白樹なほ世に残る

立ちあがる一瞬の間の放念にことしはじめ
の日ぐらしが鳴く

ひまはり

草踏みて草喰む牛よ褐色の体毛にして風に
ひるまぬ

寄りゆけば牛も寄りくる天譴《てんけん》の如き渦紋が
白し額に

赤牛に黒牛混るひといろに牧草伸びて国境《くざかひ》
もなし

ひまはりと言ひつつ阿蘇は天日に背《そびら》向けたる開花十万

心胆の言葉は言はぬ日まはりの十万本が咲きて静けし

なもめとは斜めの木かと問はれをり木にも
古名《ふるな》のありて善きかな

水澄みて流るる川も一路とぞ鴨の十羽がゆ
らゆらと来る

ななかまど

北天に近く茂りて紅葉の力まぎれず緋のななかまど

ひめやかにばら科の一樹一行の声あるごとし秋天の下

それとなき実のくれなゐもななかまど見届けてゆく遠き冬野に

草はみて牧野の牛がしづかなる山の日暮れ
に人も来て立つ

夕菅《ゆふすげ》の黄も白毛の野すすきも揺れて結ぶか
風の言葉を

発光

片足をあげて思案の鳩が立つ小泉八雲旧居
の庭に

尋常の地名流れて南阿蘇のこぎり草の白花が咲く

国ひとつみな草原となる阿蘇を歩めば草も人も別なし

夕ぐれの七時を待てと言ふごとく黄の夕菅
の花が伸びゆく

夕菅の花より他に草なしと揺れたつ草がみ
な花ひらく

一頭の野犬が山をかけのぼる花に親しき
日々の顔して

よりゆけば花顔互みに素気《すげ》なしと言ひつつ
風に吹かれてゆらぐ

落日のあとの夕菅残光の山に黄の花いふま
でもなし

声ひそめ夜明けの花がうつくしと鳥のごと
くにいざなふ声も

夕菅の花の見果ての片隅に水の色して三日月が立つ

発光を知らぬ一羽が空を飛ぶ身の漆黒が重き蝙蝠

ほのぼのと身の内紅く透きながら蝙蝠飛べり江津の水際に

山の紫

冬に入る山浄ければ見ゆるもの白樹となりし旧道走る

湧きあがる白霧の中に枝延べて合歓の冬木
も直く平らぐ

走行の一歩先ゆく山霧の己《おのれ》恍たる貌見ゆる
なり

暮れぬ間の山の紫見むとする馴れてぞ更に
山は恋しき

左折してまた左折して冬の山帰路なきごと
く星生るるなり

一条の街道尽きてたちまちに夜の内海に至る国土か

月天の下ゆく歩み夜の更けはけもののごとくうつし身が照る

ゆく先の海を見てゐる候鳥の影もとまらぬ
湖水の面

梯形《はしがた》を組みて野鴨の五羽が飛ぶああまたし
ても闘ふ形

ゆりかもめ百羽葦穂の絮千羽湖の面のしろがね騒ぐ

逝きてまた帰る青砥の石の上世の発端の水走るなり

黄葉も一里街道銀杏の並木三百かぞへてぞ
熄む

西山の茜の上に星ひとつ浮くと見てゆく世
の円滑を

逸詩

正月の三日見ざりし夜の空に新月蒼き男《を》の
眉浮かぶ

集団となりて北ゆく野鴉を見つつ逸詩の緋
もななかまど

旅立ちの目にまづ見えて遥けしよ無冠の馬
のたてがみそよぐ

如月の隧道二十三貫《ぬ》けて大和島根に咲くか
ポピーも

アイスランド・ポピー今年は咲かぬ大淀の
岸に聴くべしゴルトベルクよ

きこえくるバッハなにがしの心底の沈黙《しじま》を
護る術なき日暮れ

帰りゆく車の窓は日向《ひうが》とぞはるかかなたの
沼津松原

ほうほうと隣家の犬の啼きやまぬ声にも降
るか月下の雪は

きさら衣《ぎ》に降りくる雪もいまさらの白羽《はくう》寒
しと野鳥が一羽

雪は逝《ゆ》き、消《け》ゆくあはれを受けとめて樗裸木が濡るる冬野に

舟底にいまずつしりと藻刈り舟雪もひとつに消ゆくか朝は

雪やみしのちの湖底に湧く水の泡沫白き梅《ばい》
藻《も》が展く

浮かれ来て何が欺しの黒紋ぞ大羽そよぎて
黒蝶一羽

うしろより付きくる鳩の足音に追はれて赤き靴はくごとし

笹倉峠

水無月のことも過ぎたる一本の椋の繁りが
そよぐ眼下に

七階の一隅にゐて目覚めゆく身の薄明に青
き服着よ

降る雨に濡れて音なき窓硝子我が双脚も
厳《おごそ》かに立つ

音もなく雨降りいづる萌しとも深むらさきの鳥ひとつ翔ぶ

人待ちて椅子に座しゐるしばらくの暇やうやく秋たつごとし

一面の石に落ちくる滴々を垣間見てゆく那
の津のしぐれ

黒潮がさらに濡れゆく雨日《うじつ》とぞ心底はやも
とびたつ鳥か

風吹けば星かと思ふ世迷ひに黄の夕菅《ゆふすげ》が咲くを尋《と》ひゆく

北指して走行十里街道の夾竹桃は見ずして過ぎむ

夕萱の黄の花遠く開きゆく山に洩れなき飢ゑあるごとし

臺《うてな》もて白き花咲く山うどの下ゆくのみに寧《やす》し波野は

足下より黄の花咲きて夕萓の長身ゆらりゆれて阿蘇野は

しばらくは落日光に百千の黄の夕萓の花みな開く

野の山の島根はるばる漆黒の笹倉峠夕凪に
伸ぶ

みとどけて暮れゆく時を黒肌の県《あがた》こえゆ
く笹倉峠

空隙

声鳴かぬ螢さがして湖岸《うみぎし》を歩む日ぐれに月
まだたたぬ

たそがれの汀歩めば我さへや野に明滅の一
羽なるべし

人知れず水に映れる身の果ても遠く淡しと
緋の海紅豆《かいこうづ》

つひにして見ざりしほたる、火《ほ》垂《た》るとぞ思
ひ直して帰る湖岸を

夕焼けの空をうしろに黒羽の蝙蝠一羽緋の
指透けて

いづこより来しともなくて人影に似しかう
もりがまな先に浮く

飛ぶ鳥の蝙蝠追ひて何がなし嬉しといへば
嗤ふか草も

起きぬけの身の体内にひびくなり水も一縷
の嘆きと思へ

物言はぬ湖のあまたの水草に黄の花咲くは
うらなき沈黙《しじま》

降る雨に濡れてつやめく紫の石の面《おもて》を踏みしか鳩も

手に触れし夜あけひそかに思ふべし滑らかにこそ白き太根も

七階の窓の透明ひそかなる空隙として鳩が
降りくる

床《ゆか》ふみてまた踏み直す二百歩に我の肺腑も
応へむとする

帰り来し湖畔の硝子のびやかに細き尾を捲
く守宮がをりて

上下二巻、ダ・ヴィンチ・コード読み終へ
て四足ひそかに伸ぶと思へや

月華の湖

地つづきに遠山あれば只今の足下に清き水
溜まるべし

夜べの雪はやくも朝は溶けゆかむ阿蘇の五
岳も背後に在りて

降る雪にまなこ細めて何がしの幸福論も消
ゆかぬ日暮れ

ゆく水に遠く見てゆくまむらさき肩なだらかに女山《めやま》と言はむ

時として千代田区神田小川町あなうらうらと甃《いしみち》下る

静かなる心のままに一粱の階のぼるなり叫ぶな鳥よ

吾を呼ぶ声ならずして鵯啼けばいま東西のことなし我に

ま夜出でて湖畔の水を見るまなこ黒き月華
の辺に立つ如し

湖《うみ》に浮く野鳥の形黒きまま声なく鳴けり水
動くなり

折りふしの騒然にしてひどり鴨北帰の前の
翅奮ふなり

夜深く覚めてゐる間の長ければ早《はや》物思《も》はぬ
夜鳥か我も

とびたちて再び降りくる冬鳥の集団なほも
吾が辺にありて

漆黒のかたち夜鴨がうきてゐる幼きままに
胸を張りゐて

ゆきて逢ふ朝の大鳥白鷺の額のひと羽か風
にそよげり

朝どりの声ききとめてしばらくは双耳春立
つ枝のごとしも

劇的

円卓の一隅ひかる滴りを鳥の声ともなくて
拭へり

啼きすててゆく冬鳥の跡追へば独り歩みも
声なき湖畔

十二月夜あけの窓にこの年も紅葉ふかき一
樹がゆらぐ

冴え冴えと冬野の山河そよぐ音言辞弄せぬ
声とどくなり

アスコットタイほのぼのと青きまま世を逝
きましし木下順二

一頭の愛馬放ちて世を去りし平氏知盛その
劇的も

遠ざかる人を追ひたる一頭のその後はしら
ずさやぐ西海

耳鳴りを言ひてこの世を遠ざけし君にか在らむ本郷遠し

坂上り坂下りてゆく忽ちも後部座席は本郷日昏れ

高速に乗りますといふ若き声東都離るる声
が明るし

高速をぬけて忽ち新宿は路上なほもて銀杏
の黄樹

劇的の一語残れば雪山に緋のなかまどゆるると思へ

遠山の阿蘇を恋ほしといふならず枝《え》に白羽の雪まだ降らぬ

一滴の二滴の朱盃したたるが思ひの他に匂
ふか日暮れ

白明

白明の窓のましたに目ざめゆくうら若きかな二月の朝も

芽吹きゆく白膠木《ぬるで》の影のゆらぐにぞ息づく
ことも易し夜あけは

鳥が鳥呼ぶ声すみて庭の隅方尺の森芽吹く
か青く

落ちてゆく月なほ直くまどかなりすでに古りゆく街樹の翳り

枝のべて全裸したしも街上の欅並木に冬の鳥来る

漆黒の珠実ひとつと思ふまで鵯が動かぬ裸
木の枝に

平明に天地見ゆると歩むべし冬の並木の明
るき巷

蕗の薹伸びてたちまち花ひらく急げと叫ぶ
白明の声

鳴く鳥の声ひとときを群るるかな灰白の羽
軽しといふか

ちちと鳴きたちまち叫ぶ三羽四羽今迅速の
風流るるか

胡蝶蘭二鉢咲けり朝の間はかの白日に遠く
在るべし

北を指す鴨集団も低く飛べ白木蓮に眉目なければ

裸木の下ゆくことの簡明に項かそけく笑まむとぞする

ポケットに双手おとして自堕落といふ語し
みじみ楽しと言はむ

しじみ蝶ひとつが飛べりまだ早いいまだ早
しと三月の風

海《かい》紅《こう》豆《づ》

鳴き響《とよ》む声むらさきと思ふまで朝戸に近く
山鳩一羽

直情を良しとし言はば葦《あし》牙《かび》が葦となりゆく湖岸のみどり

枝分くることなく伸びて一条の木賊の形遂に青しも

鵯《ひよどり》がひとつ声音に啼きてゐるいましばらくは人も寧けし

絶叫も一度限りの五位の鷺思ふ哀れは言はずして聴け

忽ちに咲くも不覚のくれなゐか湖に映りて
ゐる海紅豆《かいこうづ》

風吹けば事なく揺れて夏の花緋も北限の海
紅豆咲く

行く道の危ふき石を踏みてをり身ぞゆらゆ
らに流転の大地

どの枝に潜む野どりか声あげて湖水に映る
槐《ゑんじゆ》漆黒

はたはたと古家古町門前にたちて木賊のま
みどりが伸ぶ

・

中空《ちゅうくう》のままに伸びゆく植生の不実を言へ
ば木賊空《くう》鳴り

折り節といふに花咲く真実にま白き蝶のひ
とつ来てゐる

冬湖

ほとほとと玻璃窓叩きて訪ひし鶫もありし
か朝戸の明けを

さやるものなき天空を一羽ゆく鳥の漆黒追へば淋しも

止り木の白きを摑みしづかなる幼鳥にして何を想ふか

鳥籠のままに預けし幼鳥のゆくへ見えねば
遠し湖岸も

帰りくるいつの日かある幼鳥の生きてぞ猛
き鶫のまだら斑

杵島岳往生岳も千年の冬湖に映る名こそ尊し

犬鷲のゆく方追へば根子岳の肌離《はだへ》るる白穂のすすき

折りふしの鳥の鳴く音に思ふべし南島紅葉
ねむの並木も

漆黒の蝶が来てゐる無理無体すすき尾花の
白きが騒《さや》ぐ

音もなく薄雲張りし夕空に日輪月の貌して
浮かぶ

山の道逸れて畑田へ下る道ことこまやかに
緋の曼珠沙華

新月

如月となりゆく日差し南国は野に放牛の黒
影遊ぶ

一頭がたち一頭が首ふりて無冠の額も冬野の群馬

若冲の絵の一冊をあがなひし目にはるばると江戸期のさくら

鳴く鵯《ひよ》に混りて鶲《ひは》の声が鳴くさらにひそけき白羽《はくう》なるべし

野の月を三日見ざりし夜の果てに新月手にも取るべく昇る

山間の画室を訪へば直きかな一朱《いっしゅ》解くべき
油が匂ふ

冬天を啼きつつ渡る鳥の声人も遥けき時を
生くべし

団塊となりて鳥ゆく冬空の雑《ざふ》のごときを追
ふな野風よ

退潮はここに及ぶと冬の湖しきりに白き泡
たつるなり

雪降れば流れに沿うて浮く鳥の左顔ばかり
を見てゆく日暮れ

新しき人ともなしに傍らに花咲く梅がこと
しは在りて

野火もえて夜の間も赤きかなしみを遠く見
てゐる狐狸もあるべし

阿蘇野

走行の車の窓に咲きつづく花も裸形の紅が
明るし

夾竹桃咲きて分厚き面皮など問はれてゐるか日暮れの風に

白花のひとつ混りて萩の花世をし厭はぬ軽さに飛べり

現つ世の飛花落葉に百塵の毒を放ちて咲く
か夜ふけに

街道にありて緋色の夏の花咲けば触るるな
夜明けの蝶よ

人もまた思ひの外の世を生きて花下陰に笑
まふことあり

七階の窓に灯して夜を居れば我のものとも
なき声ひびく

夕ぐれに一尾ささげてうらうらとル・ポワ
ソンと言ひしは誰か

いつしらずうどの白花咲く頃か阿蘇を思へ
ばはやも秋立つ

こともなく左折の心九州を東に折れて阿蘇
野へ走る

百塵の街区を貫けて忽ちの左折ことなく阿
蘇昼下り

夕菅の未だ消残る草原を早《はや》も寒しと見てゆく日暮れ

咲き残る花野は知らず質朴の牧草あれば赤牛が喰む

はるばると黒斑白斑の乳牛が草喰みやめて
吾を見にくる

哀切は生きてゐる間の息づきか声なく立て
り野牛も人も

今さらに波野《なみの》辿れば漆黒の山の島根も笹

倉峠

異界

空港に降りゆく一機翼燈のふたつ灯れば日
暮れの少女

百合かもめうす紫となる日暮れ濡れ衣川と
その名も濡れて

夜しぐれに濡れしガラスの乾くまで夜行一
路をゆきて眠らぬ

すれ違ふ人の一人ものの言はぬ俗調にして
西国街区

目に見えぬ暗き一路にさしかかる生くるに
深き門前町か

あるはずもなき街頭の深みどり佐伯祐三あかずの扉

鳴く鳥の声明るしと寄る窓に南枝早くも黄葉透けり

三頭の犬一匹の猫がゐて問へば降りくる臘梅萌黄

らふ梅の黄葉見よとはるかなる山の遠音が透きくるごとし

馴れてゆく道とぞ聴けりとめどなき金木犀
の花散りやまぬ

ゆれやまぬ木賊百本町角に明日の一日が見
ゆるといふか

西山の遠きむらさき金星の在りし跡処《あとど》も消えて声なし

家ごとに水の音する湖岸の夜あけは日々に異界のごとし

葭原の葭が穂となる薄明を見るともなしに
夜半のあゆみ

内海

はるばるとゆきて目に見し内海の波頭にゆ
るる黒鳥ありき

波の秀にたちて揺れゐる黒鳥の遠く人世を
見てゐるまなこ

朝窓を打ちとどまらぬ雨の音もはや野鳥の
鳴く間もなくて

雨熄みて夏鳥の声蟬の声競ふともなく啼けり港に

声ならず風も鳴くなりまな先に太く伸びたるなほも夏草

夏の間に嵐来るなり列島の草を洗ひてみづから騒ぐ

夜嵐の熄む間秘かにゆらぎゐる濡れし銀杏の大葉深緑

街道をぬけてひそかに海に来し時に離叛の
心湧くとぞ

ありありと光は射して乾きゆく我ならずし
て夜明けの草生

苦瓜の青きが揺るる鍋の音何を恃むといふ
こともなし

黒猫と白猫二匹先住の尾を立て歩む港の
縁を

夕ぐれは身の程軽き赤とんぼ早《はや》ひぐらしの
声聞きゐるか

落ちてゆく夕日朧に見とどけて歩む路上に
来る夕がらす

島原を出でて一路の連絡船いまか静かにゆれてぞ波に

帰り来る船待ちてゐる内海の波のゆらぎに胸の戸さやぐ

落日のくれなゐ淡く見とどけて白霧の皿も
音たてまじく

遠山に咲きてゆれゐし夕菅もいまは費えの
ごとき日月

草ゆれて花またゆれし黄の花を想ふすべなく飯はむ日暮れ

夕萱も見果ての山の三日月も共に水汲む形に咲けり

瞑目の水温夜も十六度江津も一路の夢暮るるなり

抜け国光

如月は島の渚の赤土にあら藺の芽吹き伸び
ゆく時か

黒潮に濡れてゆらげば多島海鳥のまなこと
なりゆくか人も

ふかぶかと眼つむりて黒波の底に眠れる鱏《えひ》
もあるべし

青蘭草ひしと伸びゆく畑に添ふ歩みも長き
風波の跡を

雲ゆけば面皮漆黒生ひたちし蘭草ことなく
地を貫けり

地の上に草ふむ鳥も緋どり鴨北帰思はぬ集
団が来る

哀愁は行きて極まる波の青島の鳴く音とひ
とつさざめく

黒潮のままに日暮れて海峡は海彼落暉のひかり沈まる

暮れてゆく海の面にひとすぢの曇り残るは何の通路ぞ

古寺の露台に在りて現はるる遠世の光待ち
しか人も

見えずしてなほ見し者の目に残る水の光輝
を知らぬ火と呼ぶ

思ほえば光眩しき思はねばまなこみどりに
ひしと藺草田

遠見つつ何に眩しき海の面の深夜の波も草
波となる

寒雲のま下轟たる白雲のしたたるごとし新
幹通路

幹線の南北藺田の東西と声に言ひつつはや
ユーラシア

ふつふつと伸びゆく藺田の強力を見つつ歩めば花光るなり

難波江の葦のみどりも越えて伸ぶ影うらうらと恋の声なし

秋くれば野の黒髪と思ふまで茂る藺草田ひしと濃くあれ

ゆき果ててあとふりかへることもなし絶句のごとし新幹線も

一閃は抜け国光か傍らを走り過ぎたる少年ありき

霧

啼く鳥の声に応ふる人の声無き分明に風動くかな

暴力と思はぬ風に吹かれゆく一朶の花もなき現し身は

硝子戸に来つつ去りゆく朝どりの凱歌は遠く行きて聞くべし

密かなる野風の跡か栴檀の実の黄熟も朝霧のなか

女郎ぐも霧の現《うつつ》に身を展べて快楽《けらく》の他の枝に揺れゐる

一枚の白布を展く膝のうへ北の国土が見え
くる昼餉

只今の無事たしかめて草に佇つ露滴のなか
の全《まつた》き独り

山に来て白霧の中に潜みゆく我と我が目の
なかの紅櫨

ついばみてふと額あぐる憂愁の一羽のまな
こなほ我を見ず

ゆふぐれは漆黒眉宇のごときもの堰堤は伸
ぶ眼下の海に

風　姿

家ごとに咲けば路上の椿市百年いまに新町
と呼ぶ

百群の椿はゆれて町川に映るしじまを見て
ゆく鳥も

面高に人は歩めり百年の風姿なほもて深緋
の扉

橋上にふとすれ違ふ面ざしになくてぞ在り
しイバン・イリイチ

俄かなる湖畔の音も緋《ひ》鳥《どり》鴨《がも》百にまじりてペ
リカンが浮く

一頭の犬一身の結体になほ滑らかに体毛あ
りて

犬連れて湖畔を歩く世に棲めば水湧く音に
生くると思へ

うち過ぎてのちの紅葉見馴れてはその名忘
れてただに明るし

落ちてゆく陽のくれなゐに猛然の気配があ
れば遠く哀しむ

西海にさざめく波もしづかなる時のほどろ
に待つ落日を

流離の声

磨る墨を必ず濃しと言ふならず夜更け戯《たは》け
の如きうす墨

一条のことも音なし山越えて影したたかに千本桜

額伏せて身に来るひかりやりすごし桜やさしと思はぬことも

夜の更けの墨の淡さに書きとめて夢にも笑
むか万朶のさくら

先あゆむ男一人の強肩をつかみて白き花は
ゆれゐし

山に来て山にもの言ふうらうらとさくら花
咲く影に応へて

出で入りの門扉とざせば豪然と蕗の青葉が
海波《かいは》のそよぎ

憂愁を知らぬ大葉が暗緑の怒濤のごとく夏
蕗畑

木犀の花の青きが石に散る頽廃とても暮春
と見えて

さかのぼる巷の畷《なはて》この年も千《ち》原桜《はるざくら》が声なく咲けり

巷には巷の呼び名いきいきと千原桜の花が真青に

三月となりて北帰の鳥がとぶ一羽残らぬ湖ひろきかな

帰路

朝どりの声はればれと響くなり昨夜につづく野の言問ひか

落雷の音を恐れて哭く犬をしきりなだむる
これも人事か

一羽来て二羽が連れだつそれぞれの挑みの
声を聞きゐる朝は

父の声母の声みな夢の中ふくみ笑ひの声ひびくなり

石白く乾く日暮れの右左《みぎひだり》帰路八方と思《も》へば急がぬ

靴の紐結べば深く額垂れて世に従順の形を
見せよ

払暁と思ふ夜ふけに声哭かぬ鳥の声待つ紫
紺の椅子に

粛々と朝のたたみを踏みて来る犬漆黒の足
音がひびく

ひそかなる戦のことも始まると十指の爪を
磨きてやまぬ

節《せつ》ひとつ問へば微かに一条の花ひらくなり
風の藺草も

落ちてゆく陽の夕光を背にあびて言《こと》なき帰
路も我と我が犬

胸張りて夜あけひるまぬ大鴉神田古書街電
柱に鳴く

青果

一本の草が動くと立ち上がる野の衝迫は飢ゑのごとしも

その他の何もなしとぞ目ざめゆく現《うつつ》に瑠璃
のセーター青し

夜深く星が光るといふうつつ荒野のばらの
声のごとしも

何言ふとなくて羽振る秋蟬の百万言を聞き
ゐる朝は

独房の皿に残りしひとつともラ・フランス
の青果が暗し

立ちあがる日暮れの双耳大幅に歩けと言ひし声よみがへる

濃みどりの枝したたかにくれなゐのトマト十果の豊熟ありき

くれなゐの果汁酸しとも甘しとも思ひ兼ね
たるトマトが熟るる

滴りて熟るる果肉も白桃も身のほどかすか
あけぼの色に

夜ふけにも仔細薄るることなしと逝く水音
に立てりしばらく

影

天体は我が掌にありと思ふまで拾ふ荒磯の
石まどかなり

海峡の風に破りし翼とぞ黒羽の鳶がくり返
し翔ぶ

ひとたびの波退きゆきて時の間の海膚《かいふ》一枚
ゆらりとありぬ

磨滅して爪ほどの石海なればそのくれなゐ
の色もて生きよ

折りをりに白雲連れてゆりの木は声朴々と
窓より覗く

褐色の土のおもてに影落し黒條《くろすぢ》揚羽入念に
翔ぶ

蘭草

卵白の中に浮かびて黄身ひとつ朝の麗《うら》らに
朝鳥が啼く

きりきりと尾を捲く犬を連れてゆく白雲木
もはるけく咲けり

湿潤は六月雨季の通り雨藺田《ゐだ》の藺草も刈ら
るる時か

東より嵐は来ると桟橋を踏みゆく足音聞く
かつばめよ

北半球なほもここぞと石踏めば有明海里未
だ乾けり

降る雨に濡れて船往くしばらくは無辺の海
を走る航路か

たちまちの雨降ることも麗はしく素面《しらふ》とな
りし海がきらめく

日輪が見えぬ曇りもユーラシア海鳥一羽船
に添ひゆく

マゼランを言はずエンリケ更に無し東海青
くゆれてたひらぐ

海中に力ある草シホグサが伸ぶとぞ聴きし
不思議はいつか

降りたちし港八代《やつしろ》軽がると干潟干拓雨も乾
けり

海沿ひの陸路辿ればたちまちに藺田千丁が
ゆるる草波

西海の干拓さらに三千の藺田群生が海の如
しも

ひたひたと農地拡げて海の水抜きし樋門《ひもん》に
白鷺が来る

一身をたてて歩めば寒きかな身の折りふし
といふ間もなくて

折りふしに枝葉末節さらになき藺ぞなめらかに海の風吹く

西海に落ちてゆく日に声あげてユラ、アジアとぞ野鳥のつばさ

夕暮れは藺田の藺草に身をかくす花も実も
なき草生と言へば

刈入れし藺草のあとの藺田に来て小鷺白鷺
しらぬ火と啼く

雨季あけの干潟干拓藺の青にひと日迷ひし
わが夏帽子

窓

見おろしに八雲旧居の家在れば野鳩も人も
寄ると朝明《あさけ》は

音もなく朝の光がとどくなりその中抜けて
一羽の鳩も

ゆたかなる胸窓《むなど》を見せて紫の鳩が降りくる
我も立つべし

遠く鳴く夜明けの鴉聞くべしと七階の窓ひらく音なく

いくらかは鳥の高さに近く居る我にきこゆるひよどりの声

石椅子の塵を払ひて人を待つ仕草見てゐる
我も一羽か

黒きブラウス黒きズボンの細身にて相寄る
人に鳩が近づく

つくづくとアメリカ花水木《みづき》咲き果ててはや
マロニエの葉振りが蒼し

朝の日の未だ届かぬ窓に居るこの世七分の
ことぞ安けし

石椅子に在りしも暫したちまちに去りゆく
人を鳩が見送る

呼ぶ風に応へて出づる我が言葉微かなれど
も我が守るべし

やはらかな眉目を見せて我に会ふ隣家の犬よ石垣の隙《ひま》

晩節といふは男の仕草とぞ孔子まげても女を言はず

身にゆるす三十分の外出に夏の帽子をひそ
かに購へり

一台の車を洗ふ水しぶき言《こと》ともなしに音響
くなり

山に来て言なき我と赤牛と風に吹かれてな
ほ遠きかな

蝙蝠

全円のままに落ちゆく日輪を見つつひるま
ぬ一羽が飛べり

置きざりにされて樹間の薄笑ひ身を張ること
も日昏れ蝙蝠《かうもり》

昏れのこる光をつれて引き潮の力一尾の魚
も残さぬ

ふかぶかと砂にかくれしむつごらう見えざる者の眼《まなこ》ぞ見ゆれ

夕ぐれの街道尽きてたちまちに夜の内海に至る国土か

山鳥

並立ちて互みに触れぬ寂寥を終の力に真冬の木賊

帰り来る大犬鷲を待ちてゐる森に一打の音
ひびくなり

森閑の音ともなしに踏みしだく草にまぎれ
て響《な》る火山礫《れき》

千字文現《うつつ》の声が叫ぶなり黒羽ひらきて野天の鴉

山煙《やまけむり》いまだ熄まねば億年の劫の力に山鳥が啼く

県越え

夜の道を歩むひびきをみづからに聴けば往
年微かにあらず

船橋の古き石組み狂はねば石のぬくもり消
えぬか夜も

夜の更けの巷歩けば南国は洗馬《せんば》大橋はや秋
の風

夜の風が人の現《うつつ》に触れてくるまぎれもなく
て家郷の柳

濁り江にさやぐ夜の風見もしらぬ遠世《とほよ》動く
と思へ月下に

一房の葡萄のみどり夜の更けも透明にして
白磁の皿に

口中にまろぶ一粒バロックの肌なめらかに
在りき葡萄も

のびのびと県越《あがたご》えする秋の風波野《なみの》高地をぬけゆく夜か

犬鷲の二羽がすぎたる山上の風もあとなく誰が聖家族

おのづから涙湧きくる生体の不思議に触れ
て日暮れの薄

まどかなる月を見てゐる充実に少しはなれ
て犬も坐れり

褐色の体毛そよぐ犬と居る月下ひそかにわが額髪も

夜に在るは世に在ることと羞《やさ》しめば見えぬ夜陰に梟が鳴く

風音

湖《うみ》沿ひに棲めば近づく朝鳥の声冴え冴えと
樹間を渡る

立ちどまり聞くともなしに四十雀身に聞き
馴れし声音がとどく

橋四つ踏みてやうやく向う岸仄かに今日の
光輝ぞ見ゆれ

爪ほどの木の実落して一《いち》位《ゐ》樫《がし》人の行く手を
遊ばむとする

人知れずゆれて紫紺のスカーフを巻けば一
期も充つると思へ

午すぎて夜あけのごとく枝に来てくれなゐ
の足鳩も来て啼く

夜の明けの風音迅し誰が打つ一打か白く浮
島に浮く

海

ゆれてゆく電車の窓に見ゆるかな合歓の木
の花身を裂きて咲く

速ければ拈《ねん》華《げ》微《み》笑《せう》のこともなしうららかにこそ「特急つばめ」

身を捨てて旅はゆくべし艶やかに黒のつばめが羽振るみれば

水田に人は田掻けり夜の星の残光鳴るか九州平野

寸隙といふも尊し百毫の光はとどく竹林の裡

脱けいでて我が黒潮に逢はむかな関門那の
津いまに北面

ここにしてなほ見る花も海紅豆《かいこうづ》能古の島影
霞みて見えず

海岸に人の影なしはるばると柩のごとき舟
影が見ゆ

轟然と去りゆく波に洗はれてなほ消え残る
男《を》の玄武岩

往きてまた還る波濤の白泡も名こそ玄海はた地中海

踏みゆけば左岸さざ波さくら貝　サン・タドレスのモネの油彩も

水中に見えず生れゆく無理無数ほのかに紅き波こそ想へ

鵜の鳥と鷺と睦みて岩に立つ三羽吹かるる脚長きかな

海にして漂ふ波もあるごとし一羽黒鳥落ち
ゆくみれば

藻類のごときが軒にゆれてゐる人の末路も
見てゐる海か

あとがき

今回の歌集『天窓《てんまど》』は、私にとっては第十七集である。短歌研究社発行としては、『流花伝』（十三集）以来となる。

思い返せば、「短歌研究」誌とのご縁のなかで、盟友・塚本邦雄氏との京都・嵐山での対談が大変嬉しいことだった。その内容は多岐にわたって、予定の時間を大幅に越えた。昭和五十五年八月号の特別企画として、同誌に掲載された（「現代短歌論連続討究第十四回」）。対談に費やした時間もさることながら、私はこのとき初めて、歌人として伸び伸びとした発言に恵まれたのだった。

私の父も母も歌詠みであった。父・信一郎よりも、母・春子のほうが歌の本筋を気軽に示してくれた。私は心のなかで、いまでも母こそ、私の歌の最高の理解者だと思っている。その塚本邦雄氏との親交も、歌のお友達として大切にすることを母からまず助言された。その前後の塚本氏の活躍は、世上知るところではあるが、そのときの対談こそが、私としては歌人としてのこの上なき喜びであった。したがって、そのなかでお会いした前編集長の押田晶子さんには、今回歌集名ともなっている、父が開いた「天窓」とともに、今でも感謝している。同人誌「極」にたよった私ではあったが、「極」は一号しか出なかったけれども、その数年間に、極北を指す決意をもつことができた。

今回、生地にありて生地にとどまった一世が、熊本市の名誉市民としての顕彰につながったようだ。平成十年より宮中歌会始詠進歌選者を十年間務めさせていただいたこともあり、つい最近まで、東京や大阪などとめまぐるしく行き来していた生活ではあったが、その評価は素直にうれしい。地元にあっては、荒木精之氏、海老原喜之助氏、三浦洋一氏など諸先輩方のご指導を永年いただいた。最近では、熊本の文化事業を、半世紀にわたって、私心なく見届けてこられた畏友・大江捷也氏の直接の励ましもあった。身近で私の生きざまを客観的に理解して下さっている文化人のおひとりである。その大江氏などの存在が、安永家の初代信一郎、二代目蕗子、そして三代目の養子武志の理解へとつながってゆく。

六年ぶりの歌集であるが、私の存念は何ら変わることはない。〈歌はいつも新しい扉を開く〉。母の力、父の力、ともに亡きひとであるが、新しい力はいま目前にいる安永武志が強く私を支えている。ありがたいことである。そしてうれしいことである。わが家の飼い犬リンとともに、めでたい一族である。その力を大切に生きてゆきたい。

最後に、短歌研究社顧問の押田晶子さんから現編集長の堀山和子さんへの引き継ぎのなかで、わが家のその伝統をご理解頂けたことを心より感謝する。

今回、あわただしい原稿の準備段階で「椎の木」のスタッフにもご苦労をかけた。伏して感謝する。

装幀は同社の迅速なご手配で、司修氏のご快諾を得ることができた。何よりのことであった。

安永蕗子

平成二十一年九月六日

検印
省略

平成二十一年十月一日　印刷発行

歌集　天《てん》窓《まど》

定価　本体六〇〇〇円
（税別）

著　者　安《やす》永《なが》蕗《ふき》子《こ》
郵便番号八六二―〇九五五
熊本県熊本市神水本町一二―七〇

発行者　堀山和子

発行所　短歌研究社
郵便番号一一二―〇〇一三
東京都文京区音羽一―一七―一四　音羽ＹＫビル
電話〇三（三九四四）四八二二番
振替〇〇一九〇―九―二四三七五番

印刷者　豊国印刷
製本者　牧製本

落丁本・乱丁本はお取替えいたします。
ISBN 978-4-86272-176-1 C0092 ¥6000E